LETTRES DAUPHINOISES.

PREMIÈRE LETTRE.

LES ÉLECTIONS.

A GRENOBLE,

CHEZ FÉRARY, LIBRAIRE-ÉDITEUR.

—

1848.

Grenoble, Imp. de Prudhomme, rue Lafayette, 14.

LETTRES DAUPHINOISES.

PREMIÈRE LETTRE.

—

LES ÉLECTIONS.

PEUPLE !

L'HEURE qui va sonner sur le cadran de tes destinées, est une heure grave et solennelle : l'Europe entière tressaille comme dans l'attente d'un grand événement;

Tous le yeux sont tournés sur la France, car la France est le cœur du genre humain, le centre de tout ce qui vit et de tout ce qui pense dans le monde.

Peuple, recueille-toi gravement dans ta force; tu vas décider de ton sort et de celui de l'Europe.

Tu as anéanti un passé qui pesait sur toi comme une honte, tu as brûlé sur la place publique le dernier trône de France; tu l'as brûlé comme un livre obscène : c'est beaucoup, mais ce n'est pas tout. L'ordre d'hier est renversé, il faut en fonder un nouveau.

Tous les pouvoirs ont eu leurs adulateurs, leurs courtisans : tu auras aussi les tiens, ô peuple; les gens d'hier, les gens d'aujourd'hui, te diront sur tous les tons, de toute sorte de manières : Grand peuple! bon peuple!

Peuple héroïque!....... tous te flatteront selon leurs besoins, leurs désirs.

Depuis cinquante ans tu as vu passer bien des gouvernements. L'empire, qui avait essayé de nous faire oublier la liberté avec la gloire; la restauration, qui croyait pouvoir vivre en appuyant sa main défaillante sur un passé reconstruit avec des ruines et des ossements ; tu as vu en 1830 une royauté bâtarde, sortie d'une de tes victoires, faire de la France une bascule oscillant entre la royauté et l'aristocratie bourgeoise.

Dis!........ tous ces pouvoirs qui ne sont plus qu'une page dans ton histoire, ont-ils manqué de flatteurs?

Tant que soufflait sur eux le vent de la faveur, les antichambres n'étaient-elles pas combles? Les protestations de dévouement tellement nombreuses et éclatantes, qu'elles formaient, autour de ceux qui étaient tes maîtres, un bourdonnement si confus que ta voix pleine de menace ne pouvait arriver jusqu'à eux.

Eh bien, aujourd'hui que tu es le maître comme autrefois, tu vas voir accourir une foule servile et louangeuse; peuple, ce ne sont pas tes amis!........

Tes amis seront ceux qui arracheront les fleurs qu'on veut mettre sur tes blessures en te les montrant toutes nues, et te diront : Voici le remède ! Ou bien, si les ténèbres qui obscurcissent encore la science sociale sont trop épaisses, t'apporteront le flambeau de leur intelligence en te disant : Frères, cherchons.....

Tes amis seront les amis de la liberté sage et modérée, juste et forte : modérée étant sage ; forte en se montrant juste.

Une seule chose peut conserver la liberté, c'est la liberté.

La liberté, c'est l'exercice légal de la volonté humaine, c'est la pensée unitaire formée de toutes les pensées.

Sais-tu pourquoi jusqu'à ce jour aucun pouvoir n'a été possible en France ? C'est que tous ces gouvernements étaient des gouvernements de minorité.

L'empire était une minorité ;

La restauration, une minorité;

Le gouvernement de juillet, une minorité ;

La république est le seul gouvernement possible, durable, j'oserai dire, éternel; c'est que la république sera la majorité.

Cependant tes flatteurs, ô peuple, ont déjà cherché à te désunir; ils ont voulu faire de ta majorité une minorité en te divisant par castes, comme si des castes pouvaient exister sous un gouvernement vraiment républicain.

Pour cela ils ont imaginé des associations, s'excluant les unes des autres par des titres divers, des tendances diverses, comme si les assemblées préparatoires des élections ne devaient pas avoir qu'un seul nom, qu'une seule tendance.

Les uns se sont intitulés club des amis de l'homme, club républicain, club des propriétaires; les autres, club des ouvriers, club de la garde nationale, et c'est une grande faute : pourquoi désunir ce que Dieu avait uni? Pourquoi la fraction, lorsque l'unité peut seule nous sauver?

Peuple, sais-tu ce que c'est que le peuple?

Les uns ont dit aux ouvriers : Vous êtes le peuple!.....

Les autres ont dit aux propriétaires : Vous êtes le peuple.........

. Ceux qui ont parlé ainsi ont menti à Dieu et à leur conscience, car le peuple c'est tous.

Le peuple, c'est la grande unité de la famille française composée de tous ses membres.

Sous un gouvernement républicain peut-il exister des parias? Ce nom seul n'est-il pas un blasphême contre l'humanité, qui ne reconnaît que des frères!

Mais tu as été si souvent trompé, ô peuple, que tu ne peux pas défendre ton cœur contre les défiances.

Cependant regarde le passé; est-ce que ceux qui t'ont méconnu aux diverses périodes de notre histoire ont pu t'arrêter dans ta marche invincible vers le progrès?

Des esprits pusillanimes ont quelquefois douté de toi; plusieurs ont cru la liberté impossible, mais chacun de tes pas a été une conquête vers la liberté.

Peuple, regarde ton passé, tu y puiseras un légitime orgueil et une grande confiance pour l'avenir.

Il y a dans ton histoire des pages douloureuses, des époques néfastes, où la France, épuisée, détournée de son esprit, semblait prête à périr; mais à côté de ces pages tu en vois d'autres : à côté de l'ombre, la lumière.

Après les factions désorganisatrices du 15e siècle, tu vois apparaître une vierge inspirée, Jeanne-d'Arc;

Après les guerres impies de religion, Henri IV ;

Puis vint une heure sombre, pleine de ténèbres. Un instant tes plus fermes apôtres purent douter de l'avenir :

Louis XV régnait!....

Ce fut une époque de prostitution livrée à des laquais et à des courtisanes; elle semblait bien forte, cette société qui trafiquait de l'honneur de nos vierges et de l'honneur national, cette synthèse de tous les honneurs.

Cependant c'était encore un pas vers la liberté.

La surface était desséchée, mais une végétation forte et jeune, qu'on ne pouvait apercevoir, car elle n'était qu'un germe, allait éclater; la vie allait remplacer la mort.

Un prophète descendit des Alpes, cria malheur à cette société de courtisans, qui ne put l'entendre au milieu de son orgie.

Mais les enfants entendirent ces paroles de liberté au milieu de leurs jeux.

Ils en gardèrent le souvenir.

Cet homme de Dieu, cet apôtre, était Jean-Jacques; ces enfants furent les hommes de 92.

Depuis cette époque, nous avons fait bien des faux pas; souvent les mirages de la route nous ont trompé, mais toujours nous sommes rentrés dans la voix inévitable de la liberté.

Plusieurs fois tes ennemis, ô peuple, ont cru la France morte en la voyant pâle et épuisée au bord du chemin, et, comme elle semblait immobile, ils ont voulu la mettre dans le sépulcre, mais elle était pleine de vie et de force au fond de son tombeau.

Et lorsque l'heure de l'action est arrivée, aucune puissance n'a pu la retenir.

Voilà ton passé, ô peuple : prend donc courage, car il répond de ton avenir; sois sage, car tu es fort.

Souviens-toi!

Dieu ne t'a-t-il pas confié l'initiative de toutes les grandes révolutions depuis Constantin jusqu'à 92, depuis 92 jusqu'à ce jour?

Vois : à peine as-tu essuyé la poudre du combat et le

sang de tes blessures, voilà que ton esprit fait le tour de l'Europe;

Et pendant que tu te recueilles pour reconnaître tes amis, tu peux entendre le bruit lointain des trônes qui s'écroulent.

Tes défiances doivent s'évanouir devant cette république universelle qui se prépare; en effet, peut-il y avoir d'autre parti en France que le tien, que le nôtre, que celui de tous?

Il y en a qui ont douté de toi, ô peuple, mais ceux-là ne sont pas tes ennemis, car tu leur as donné la foi en jetant la couronne du dernier roi de France aux flots de l'Océan.

La foi républicaine est universelle!!

Cependant il y a des esprits timides et pusillanimes qui se rappellent avec terreur de douloureuses convulsions. Ceux-là croient obtenir une république modérée en nommant des hommes de composition et de demi-moyen.

Ceux-là se trompent, car la révolution où nous sommes n'est pas une révolution d'hommes, c'est une révolution sociale.

Voici quelles sont les qualités indispensables que tu dois exiger des hommes qui vont décider de notre constitution.

Ils doivent être *franchement républicains*, tes représentants, ô peuple, sans cela nous n'aurions qu'un impuissant replâtrage. Il ne s'agit pas, à l'heure où nous sommes, d'appliquer des topiques, car le mal n'est pas local, il est au centre. Le remède doit donc être appliqué courageusement; ce ne sont pas les effets qui doivent préoccuper, c'est la cause.

Comment atteindrions-nous la cause si nous confions nos destinées à des hommes de demi-moyen et de transaction impossible, à des hommes que le souffle de vie n'anime pas puissamment?

Il y en a peut-être qui essayeront de mettre à la place du gouvernement d'hier un autre gouvernement; quant à la forme extérieure, qui voudront seulement changer la formule: cela serait un grand mal, car nous sommes arrivés aujourd'hui à un moment de remaniement social ; il faut que ce remaniement soit instantané et légal, si on ne veut pas qu'il soit plus tard violent et convulsif.

La sagesse est donc aujourd'hui dans le courage et dans l'énergie.

Tes représentants, ô peuple, doivent être honnêtes, car nous allons leur confier l'arche sainte de nos destinées. Magistrats suprêmes, ils vont tenir entre leurs mains la balance de tous nos besoins, de tous nos droits. Il faut donc qu'il y ait en eux une grande justice et une honnêteté incorruptible.

Ils doivent être aussi forts et courageux, tes représentants, car nous verrons peut-être les besoins aigris de quelque minorité vouloir imposer leur volonté impatiente à l'assemblée nationale, qui peut-être sera obligée de voter sous une pression extérieure.

Il faut donc des énergies rares, des cœurs bien trempés, pour pouvoir voter librement dans toutes les circonstances.

Il faut aussi des hommes intelligents, car la tâche sera laborieuse et difficile.

Nous n'avons plus rien derrière nous, et devant nous rien encore !....

Je me trompe, nous avons devant nous la science sociale.

Mais cette science n'est pas encore trouvée : elle n'est pas encore formulée, elle est encore environnée des brouillards qui enveloppent les aurores de toutes les rénovations sociales.

Il faudra peut-être bien des essais impuissants, bien des tentatives qui avorteront ; il ne faudra pas se décourager : l'erreur n'est-elle pas un pas vers la vérité ?

Peut-être le découragement en arrêtera plusieurs sur la route ; plusieurs aussi douteront de la lumière en ne voyant que ténèbres et incertitudes autour d'eux.

Le vrai et le faux éclateront de toutes parts ; il faudra bien les distinguer, reconnaître les lumières placées sur les phares, pour ne pas se briser sur les rochers de la rive.

Il faut donc confier ton esquif, ô peuple, à des pilotes expérimentés et judicieux, à des hommes intelligents.

Il y a aussi une question grave qui préoccupe tous les esprits, c'est celle de savoir dans quelle classe nous devons choisir les représentants de la nation.

Plusieurs ont été exclusifs; c'est un malheur.

Les uns ont voulu que la majorité sortît des rangs du peuple travailleur et ouvrier; les autres ont voulu des hommes de loi; d'autres, enfin, ont voulu que la propriété foncière eût la part la plus large possible dans la représentation nationale; le commerce a voulu aussi de nombreux représentants.

Les vœux de tous sont justes, mais dans de justes proportions.

Quel doit être le but de l'assemblée nationale qui se prépare? C'est de satisfaire tous les besoins; mais comme ces besoins sont divers, variés selon ceux qui les réclament, il faut que ces besoins puissent être connus. Pour être connus, il faut donc que chacune de ces classes soit représentée en raison de son nombre et de son importance. Ceci est une question de chiffres et de justice.

Comment, en effet, les légistes, par exemple, pourront-ils connaître les besoins des classes ouvrières agglomérées dans les grands centres manufacturiers?

Est-ce qu'ils sont descendus avec eux dans les entrailles de la terre, loin du jour et du soleil? ont-ils vécu de leur vie souterraine? sont-ils montés dans l'humble mansarde de l'ouvrier? se sont-ils assis sur la paille humide où grelottait l'hiver toute une pauvre famille à peine vêtue, à peine nourrie? ont-ils entendu toutes ces douleurs que Dieu seul voit avec celui qui les supporte?

Non, ceci est un monde inconnu pour eux : ils en parleront peut-être, car ils ont l'habitude de tout comprendre, de tout expliquer, mais ils parleront mal, ils expliqueront mal; ils seront comme l'aveugle qui voudrait parler de couleurs.

L'ouvrier seul pourra donc exposer ses misères profondes et inconnues; lui seul pourra nous dire quels sont les moyens possibles pour résoudre cette grande question de l'organisation du travail.

Que les ouvriers choisissent donc les plus intelligents et les plus honnêtes d'entre eux. Nous appuierons leur votes par nos votes, mais pour cela ne soyons pas divisés, soyons tous frères, et ne cherchons que le bien général, comme les membres unis d'une même famille.

Plus de défiance! la défiance engendrerait la fraction, la minorité la faiblesse : nous chercherons tous ensemble la science sociale ; jusqu'à présent on ne l'avait pas trouvée parce qu'on l'avait cherchée séparément. Chacun n'avait signalé le mal que selon l'angle où se heurtait son rayon visuel. Rien n'avait été fait.

Mais aujourd'hui que nous verrons tout parce que nous serons tous pour voir, nous trouverons cette vérité sociale. Mais pour cela il faut, puisque le but est unitaire, que la marche et l'action soient unitaires.

L'ouvrier sera donc nécessaire dans cette grande reconstruction sociale; mais le légiste, le commerçant, le propriétaire, l'agriculteur, devront aussi y concourir.

Le légiste donnera la formule, la synthèse, coordonnera les besoins avec les droits et la justice, et, comme il sait manier la parole, il éclairera les questions ;

Le commerçant rassurera le commerce effrayé, indiquera quels sont les moyens à prendre pour le rendre prospère et florissant ;

L'agriculteur, le propriétaire foncier, nous aideront à résoudre la grande question du progrès agricole.

Le territoire de la France est riche et fertile.

De tous les pays du monde c'est le plus beau, le plus heureusement situé ; de grands fleuves le traversent, des montagnes ombreuses projettent la fraîcheur dans les vallées, les meilleurs vins du monde y croissent, il est propre à toutes les cultures, les mers l'entourent sur trois côtés.

Mais est-ce que ce beau pays rend à ceux qui le cultivent tout ce qu'il pourrait rendre? Certes, non. La science agricole est encore dans l'enfance, il faut donc que les agriculteurs soient aussi conviés au grand conseil national ; car, de même que l'agriculteur ignore les misères de l'ouvrier, de même celui-ci ignore comment vient le blé dont est composé son pain noir, et le vin qui fait circuler dans ses membres épuisés la force et la vie.

Bien des esprits généreux ont cherché à résoudre ce problème de la culture en France ; les phalanstériens surtout s'en sont vivement préoccupés. Appelons donc aussi les hommes du phalanstère.

En un mot, que tout ce qui peut éclairer, brille ; que tout ce qui sait quelque chose d'utile à l'humanité le dise.

Que chacun prenne place dans le grand concours national, tous y sont conviés, le but est noble , les ouvriers ne manqueront pas.

Tous les membres de la grande famille française y seront représentés.

Jusqu'à présent, ô Peuple, je t'ai parlé de tes besoins physiques et matériels ; je t'en ai parlé d'abord parce qu'il y en a plusieurs dans ton sein qui souffrent et qui se désespèrent devant leurs misères qu'ils croyent incurables ; mais ce n'est pas tout.

Il y a autre chose en France que des corps : il y a des esprits, des intelligences, il y a des besoins moraux ; le clergé est aussi quelque chose dans la grande famille : il faut qu'il soit représenté.

Je le sais, de nombreuses préventions entourent ce corps. Mais crois-le, ô Peuple, plusieurs sont injustes.

Souviens-toi..... et tu te rappelleras que souvent, dans tes mauvais jours, lorsque tu doutais de tout, de toi-même et de la Providence, un humble prêtre est descendu dans ta mansarde avec une pieuse aumône, et a arrêté le blasphème prêt à s'échapper de ta bouche.

Ne choisis pas entre ceux qui sont animés d'un esprit ultramontain et qui ne vivent que sur les traditions du passé ; mais choisis parmi eux les esprits les plus libres, et souviens-toi que le plus grand républicain du monde est le Christ, car il a dit que tous les hommes sont frères : son esprit a longtemps soufflé sur le monde religieux. Il est vrai que souvent on l'a cru perdu, mais il n'est pas mort, il est le fondement et la base de la religion.

Peuple, ne sois pas ingrat, c'est un pape qui vient de donner le signal de la liberté au monde !...

Il y en a qui te diront que le prêtre représente la vieille utopie de la légitimité; ils le croiront peut-être, mais ceux-là sont des esprits exclusifs, ils doutent de l'avenir.

Mais toi, tu décideras autrement, car il y a un grand bon sens en toi.

Que les esprits timides se rassurent ; il n'y a plus de partis en France, il n'y a plus qu'une foi, la foi républicaine : l'ouvrier, le propriétaire, le prêtre, tous le veulent sans hésitation, sans arrière-pensée.

Un caractère bien remarquable de la révolution qui vient de s'accomplir, c'est d'avoir effacé toutes les dissidences. On a compris subitement que tous les partis qui, naguère encore, étaient si animés, n'étaient plus qu'un souvenir irréalisable du passé, qu'une ère nouvelle commençait pour la France, une ère de liberté dans les faits et non dans les paroles, et que tout devait concourir à son magnifique développement dans l'avenir.

Quel gouvernement, en effet, est possible, hors celui de la république?

L'empire? Mais ce n'est plus qu'une page glorieuse de notre histoire, une vieille armure rouillée, inerte et immobile, et ne contenant plus qu'un cadavre!....

Serait-ce une troisième restauration? Une espèce de résurrection de Charles X dans la personne de Henri V? mais un tel projet tiendrait de la folie et du délire; ne sait-on pas que la France est lasse des rois! elle a été si souvent trompée, que certes elle ne voudra jamais recommencer une aussi dure expérience.

Ne sait-on pas que ce serait braver la colère puissante du peuple aujourd'hui noble et généreux, mais qui demain serait en droit d'exercer de justes représailles, si l'on voulait encore une fois confisquer ses libertés?

Après Henri V, qu'y a-t-il? La maison d'Orléans remontant sur le trône dans la personne du comte de Paris...., il ne reste que la régence irrévocablement repoussée d'abord par le peuple de Paris, puis par toute la France.

Car tout le monde comprend que la régence, ce serait

rentrer dans le cercle parcouru depuis 17 ans; ce serait la continuation du système de servitude et de corruption que la France a flétri et renversé, ce serait la pire de toutes les restaurations, celle de la honte et de l'égoïsme; ce serait encore provoquer le peuple et le pousser à des actes désespérés.

Une espèce d'intuition divine nous a poussés dans les bras de la République... C'est que la République était la seule voie de salut, voie ouverte par le peuple, c'est-à-dire par tous.

La République, c'est le souverain intérêt de tous, la seule garantie de l'ordre comme de la liberté, cette source de tout ordre.

La République, c'est le gouvernement de tous par tous pour tous, l'expression sainte et complète de tous les droits, de tous les devoirs. Le seul moyen de marcher sans entraves vers tous les progrès, vers toutes les réformes.

C'est le gouvernement de la famille, c'est la grande fraternité, l'unité.

Mais gardons-nous de faire de ce mot une utopie, si nous sommes tous frères; il faut que tous nos frères soient représentés : point d'exclusions, point de parias, point de minorité; le concours de tous est nécessaire à la grande construction de l'avenir, il n'y a plus des forts et des faibles, des riches et des pauvres, il n'y a que des Français. Déjà les arcanes de l'avenir se dévoilent !... la fraternité va faire le tour du monde....

Les rois s'en vont !...

Que les sceptiques croient ! car le doute n'est plus possible. Voyez, tout s'agite à la fois, se croise, se heurte: pensées, désirs, systèmes, erreur et vérité. Qu'on ne s'effraie pas de cette perturbation apparente, cette fièvre se calmera d'elle-même; la liberté illimitée de la parole anéantira le danger de la parole.

Ne craignez pas l'erreur; il y a du bon sens au fond des masses et dans la conscience publique, la discussion épure tout et fait jaillir la lumière; ne craignez pas la discussion, la discussion est mortelle à l'erreur, elle en est le grand remède.

Mais, au milieu de toute cette effervescence, effet iné-vitable d'un remaniement social, il faut de l'ordre : une république sans ordre serait l'anarchie.

Le désordre amène les révolutions.

Voulez-vous que la République soit immortelle ? Que l'ordre soit sa base, non pas un ordre étouffant qui comprime la pensée et les idées, non, mais cet ordre qui constitue l'harmonie : l'ordre des rues ne suffit pas, il faut encore l'ordre dans le gouvernement, dans l'action, partout enfin.

La république de 1793 a cru que le patriotisme seul suffisait pour vivre ; fière et héroïque, elle ne demandait pas d'autre sauvegarde que l'amour et le dévouement de ses enfants.

Elle n'a pas demandé l'ordre, elle a vécu sans ordre. Qu'est-il arrivé ? elle est devenue la proie de factions qui toutes étaient sincères, qui toutes étaient patrioti-ques, mais qui se sont déchirées et anéanties.

Comme Saturne, elle a dévoré ses enfants les plus purs et les plus nobles.

Les Girondins sont morts !

Les Montagnards sont morts..., engloutis, emportés par la tourmente révolutionnaire, victimes du désor-dre !

Puis, un beau jour, cette république, qui avait une si belle destinée à accomplir, s'est trouvée lasse, meurtrie, épuisée, décimée ; alors elle s'est jetée dans les bras d'un chef militaire comme dans ceux d'un sauveur.

C'est en remuant les cendres du passé, ô peuple, que tu deviendras sage et prudent ! tu sais bien conquérir la victoire quand tu le veux, pour toi c'est chose facile ; mais le difficile, c'est de savoir profiter de la victoire, c'est la science de la faire fructifier qui t'a manqué jusqu'à ce jour.

Vois, écoute, lis, médite, les enseignements ne te feront pas défaut.

Qu'ont demandé jusqu'à ce jour tous les gouverne-ments : l'Empire, la Restauration, Juillet ? De l'ordre, toujours de l'ordre ! Pourquoi tous ces gouvernements sont-ils tombés ? faute d'ordre. C'est le désordre qui a amené le 18 brumaire, c'est l'ordre troublé par les ordonnances de Polignac qui a fait les trois journées de Juillet; c'est l'ordre interverti par le ministère Guizot qui a amené la révolution de Février.

Les gouvernements présents ne pourront subsister qu'avec l'ordre, les gouvernements futurs ne pourront s'établir qu'avec l'ordre.

Comme je te l'ai déjà dit, ce n'est pas l'ordre qui doit régner sur la place publique et dans les rues, qui est seulement nécessaire; c'est l'ordre moral des esprits et des idées qui est surtout nécessaire.

Charles X et Louis-Philippe ne sont pas tombés précisément pour avoir troublé l'ordre des rues par des dragons et des gardes municipaux, mais pour avoir troublé l'ordre moral de la souveraineté populaire.

Charles X avait troublé l'ordre en violant la Charte, il est mort en exil;

Louis-Philippe a violé l'ordre en voulant attenter au droit de réunion; lui aussi est en exil, et mourra sur la terre étrangère, loin de la France.

Ce sont de grands enseignements que Dieu t'a envoyés, ô peuple! comme pour te préparer à l'ère nouvelle qui s'ouvre; ton éducation est faite, si je puis m'exprimer ainsi : montre au monde que tu es arrivé à ta majorité.

Si, jusqu'à ce jour, tes chutes ont été nombreuses, ne te laisse pas aller au découragement, car la nation française est invincible; après une défaite, elle est plus forte encore, il y a une élasticité morale en France, un ressort qui ne se détend jamais.

Aujourd'hui que tous nous allons participer à la chose publique, que tout gouvernement émanera nécessairement de nous, tous les progrès sont possibles : soyons sages, nous serons forts.

Pénétrons-nous bien de ce que doit être un gouvernement républicain.

La République est proclamée; tous l'ont saluée de leurs cris et de leur joie, mais un mot n'est pas tout, il faut encore chercher la pensée qui se cache dans l'expression.

Rome et Sparte étaient des républiques, cependant l'esclavage y existait !

Gênes et Venise renfermaient les priviléges !

Florence et Pise, l'anarchie !

Cependant ces pays étaient des républiques !

La forme existait, mais non pas l'idée.

Nous avons la forme, c'est beaucoup ; cependant ne nous arrêtons pas. Que serait la forme sans l'idée, l'expression sans la chose?

Ne nous endormons pas sur nos lauriers d'hier : marchons et travaillons ; l'heure du repos n'est pas encore arrivée. Que tous nos efforts tendent à un seul but, à conquérir un gouvernement vraiment républicain.

Républicain quant à la forme, républicain quant au fond.

Pour cela, cherchons bien à reconnaître nos amis, et ceux de nos amis qui sont remplis de notre esprit et de notre vie.

Peuple, recueille-toi ! le sort de la France va sortir de l'urne électorale.

Grenoble, le 30 mars 1848.